Brady Brady

et la rondelle de collection

Mary Shaw

Illustrations de Chuck Temple

Texte français de Jocelyne Henri

Les éditions Scholastic

**Pour impressionner ses amis, Brady prend un objet dans le bureau de son père
sans son autorisation. Quand une catastrophe se produit, il doit choisir
entre dire un mensonge ou la vérité.**

Catalogage avant publication de la
Bibliothèque nationale du Canada

Shaw, Mary, 1965-
[Brady Brady and the big mistake. Français]
Brady Brady et la rondelle de collection / Mary Shaw ;
illustrations de Chuck Temple ; texte français de Jocelyne
Henri.

Traduction de: Brady Brady and the big mistake.
Pour enfants de 4 à 8 ans.
ISBN 0-7791-1623-2

I. Temple, Chuck, 1962-   II. Henri, Jocelyne III. Titre.
II. Titre: Brady Brady and the big mistake. Français.

PS8587.H3473B73214 2002   jC813'.6   C2002-901711-4
PZ23.S52Br 2002

Édition publiée par Les éditions Scholastic,
175 Hillmount Road, Markham (Ontario) L6C 1Z7.

5 4 3 2 1   Imprimé à Hong-Kong, Chine   02 03 04 05

À mes parents, Peter et Sandra Cote.
Merci pour tout ce que vous avez fait pour moi.
Mary Shaw

À mes amis :
Vic, Mark, Bill, Fred et Alex.
Chuck Temple

C'est l'après-midi idéal pour jouer au hockey, et la patinoire dans la cour de Brady est l'endroit rêvé.

Brady gratte la patinoire et sort les buts. Il veut que tout soit parfait pour ses amis.
Tout à coup, il a une idée géniale.

Brady entre à toute vitesse dans la maison. Il se débarrasse de ses bottes et de ses gants, et court jusqu'à une pièce dont la porte est fermée. C'est le bureau de son père. Il est plein de piles de vieux magazines de hockey, de trophées poussiéreux, de cartes de hockey, et de photographies et de programmes dédicacés.

Mais il y a un objet qui a plus d'importance que tous les autres. Il se trouve dans un coffret de velours doré, en plein milieu du bureau. C'est la rondelle de collection si chère à son père. Une rondelle que son idole, nul autre que le célèbre numéro 4, Bobby Orr, a décochée au but!

Brady a souvent eu le droit de la prendre dans ses mains, mais seulement en présence de son père. Cette fois, c'est différent, pense-t-il. Son père serait sûrement d'accord. Après tout, les rondelles sont faites pour jouer.

Malgré cela, sa main tremble en sortant la rondelle du coffret. Il ressent une chaleur à son contact. Il faut absolument qu'il la montre à ses amis!

Brady les voit arriver par la fenêtre.
Il glisse la rondelle dans sa poche et
court enfiler ses patins.

— Hé! les amis, regardez ça! s'écrie Brady en arrivant dans la cour.
Les enfants se rassemblent autour de lui
pour regarder la rondelle.
— Qu'est-ce qu'il y a? demande Tess avec
un sourire en coin. C'est une rondelle, non?

— Ouais, dit Titan en gloussant. Ce n'est pas la première fois qu'on voit une rondelle, Brady Brady.

— Pas une rondelle comme celle-là, dit Brady. C'était la rondelle de Bobby Orr, un des plus grands joueurs de hockey de tous les temps! Elle est même signée, ajoute-t-il fièrement. Elle appartient à mon père, mais ça ne le dérangera pas si on l'essaie!

À peine sa phrase terminée, Brady sent des papillons dans son estomac. Puis il voit le visage souriant de ses coéquipiers.

Alors, il jette la rondelle sur la glace et patine en tentant
d'imiter le style de Bobby Orr. Il fait le tour de la patinoire à
toute vitesse en manœuvrant la rondelle avec adresse. Il freine
net, et constate avec plaisir que ses amis sont impressionnés.

Le match commence. Les Ricochons sont convaincus que la rondelle a des pouvoirs spéciaux. Charlie dit qu'elle a failli faire un trou dans son gant! Tess dit que son lancer « torpille » n'a jamais été si rapide! Soudain… Brady fait une échappée!

Il s'élance vers le filet en s'imaginant dans la peau d'un hockeyeur célèbre prêt à marquer le but gagnant. Il vise le coin supérieur du filet… et décoche son lancer!

La rondelle vole…
au-dessus de Charlie,
au-dessus du filet,
puis disparaît dans le plus gros banc de neige de la cour.

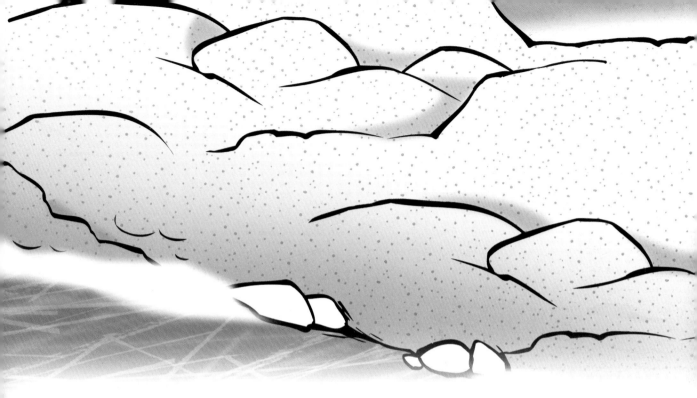

Personne ne bouge. Personne ne parle.

Des gouttes de sueur coulent sur le visage de Brady, mais ce n'est pas son échappée qui en est la cause. C'est plutôt le fait que la rondelle signée par Bobby Orr, si précieuse à son père, est enfouie sous toute cette neige.

Brady et ses coéquipiers se rendent avec beaucoup de difficulté à l'énorme banc de neige qui a englouti la rondelle.

— Dépêchons-nous de la retrouver! dit Brady. Les lampadaires de la rue sont allumés; mon père va bientôt rentrer.

Les joueurs cherchent frénétiquement la rondelle en faisant voler la neige en tous sens.

Épuisés, ils s'effondrent dans la neige les uns après les autres.

— Qu'est-ce que je vais dire à papa? se lamente Brady en se cachant le visage dans les mains.

— Tu peux lui dire que Bobby Orr a téléphoné pour récupérer sa rondelle, suggère Titan.

— Tu peux lui dire que tu l'as apportée au magasin pour faire réparer les coupures et les éraflures, propose Charlie.

Brady regarde l'énorme banc de neige. Comment a-t-il pu commettre une telle erreur?

Son père a toujours pris grand soin de la rondelle parce qu'elle est très importante pour lui. Brady n'a pas pensé à ce que son père ressentirait en apprenant que sa précieuse rondelle a été malmenée. Il a seulement pensé à ce que lui-même ressentirait en la montrant à ses amis.

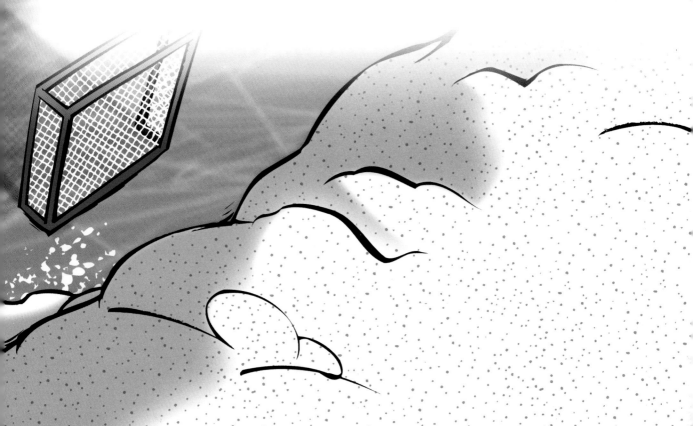

Brady entend l'auto de son père qui entre dans l'allée.
Brady reste figé. Ses amis sont inquiets et se demandent
ce qu'il va dire à son papa.
Le voilà qui arrive dans la cour :
— Bonjour, les enfants! Vous vous amusez? demande-t-il.
Personne ne répond. Personne n'ose même le regarder.
Puis une petite voix brise le silence.

— Il faut que je te dise quelque chose, papa, marmonne Brady. Tu ne seras pas content. Tu sais, la rondelle de collection que tu me permettais seulement de regarder? Eh bien, je n'ai pas pu m'empêcher de la prendre...

— Je comprends, Brady Brady, dit son père en souriant. C'est difficile de ne pas la prendre. Elle est tellement spéciale.

— En fait, je ne me suis pas contenté de la prendre, papa,
l'interrompt Brady, la gorge serrée. J'ai dit à mes amis qu'on
pouvait jouer avec… J'ai décoché un lancer du poignet…
et la rondelle a disparu dans cet énorme banc de neige!
Brady et ses amis montrent du doigt le tas de neige sinistre.

Le sourire de son père disparaît, et il cligne des yeux, incrédule. À cet instant, Brady a bien peur d'avoir trompé la confiance de son père et de lui avoir brisé le cœur.

— Je suis vraiment désolé. Je vais chercher cette rondelle sans m'arrêter, jusqu'au printemps s'il le faut, dit Brady.

— Pour être franc, je suis déçu que tu aies pris la rondelle sans ma permission, dit son père en lui serrant l'épaule.

Mais, crois-le ou non, Brady Brady, le fait que tu m'aies dit la vérité est plus important pour moi que n'importe quelle rondelle, même celle-là. Et je vais te dire autre chose. Tu n'auras pas à la chercher jusqu'au printemps. Je vais tout de suite t'aider.

Le père de Brady lui fait un clin d'œil.

— On pourrait commencer en regardant dans la cabane de Champion!